KB273664

하루 한 줄,
나를 지키는
필사책

하루 한 줄, 나를 지키는 필사책

내일을 꿈꾸는
1020을 위한
문장들

구병모 김려령
김민서 김중미
백온유 이 현
이희영 천선란

창비

일러두기

1. 이 책에 실린 인용문은 모두 저자의 동의를 얻었습니다.
2. 여러 판본으로 출간된 작품의 경우 창비청소년문학 시리즈에 속한 판본을 기준으로 면수를 표기했습니다.

"휘청거리지 않고 날 수는 없어."

구병모 『버드 스트라이크』

내 영혼에 전념하는 시간
백온유

필사를 둘러싼 오해에 대해 먼저 이야기해 보려 한다. 나는 청소년기부터 시, 소설, 에세이 등 다양한 글을 필사했다. 최승자 시인의 『이 시대의 사랑』(문학과지성사 1981)과 김혜순 시인의 『달력 공장 공장장님 보세요』(문학과지성사 2000)는 한 편 한 편 옮겨 쓰다 결국 전문을 노트에 옮겨 버렸다. 습작기에는 코맥 매카시의 『로드』(정영목 옮김, 문학동네 2008)와 사이먼 밴 부이의 『사랑하는 사람들의 비밀스러운 삶』(공보경 옮김, 푸른숲 2012)을 하루에 한 쪽씩 필사해야 잠이 왔다. 공모전 당선자의 수상 소감과 심사위원들의 심사평을 필사한 적도 있으니 필사에 있어 집요하고 강박적인 부분이 있다는 건 부정할 수 없는 사실이다. 그렇다 보니 사람들이 필사에 대한 다양한 의견을 낼 때마다 그것이 나를 꿰뚫는 말처럼 들려 속으로 뜨끔할 때도 있었고 괜히 소심해지기도 했다. 몇몇 사람들은 필사라는 행위를 혹평했다. 좋게 봐 줘야 자기만족이고 거칠게 표현하면 손목 운동에 불과하다는 식이었다. 선생님 중에서도 필사는 창조적인 활동을 했다는 '착각'을 불러일으킬 뿐, 실질적인 효용은 없다고 단언한 분이 있었다. 타인의 문장으로 아무리 노트를 채워 봤자 소양이나 글솜씨가 발전할 리는 없으니 시간을 허비하지 말고 독서와 창작에 집중하라는 말씀은 그분의 진심이 담긴 조언이었다.

그때의 나는 필사 무용론에 대해 반박하지 못했다. 그렇다고 필사를 놓은 것도 아니었다. 나는 누군가를 설득할 수 있을 만큼 필사의 가치를 확신하지 못했다. 문장을 옮겨 쓰면 작가의 의도를 더 파악할 수 있게 될까. 소설 속 인물에게 더 공감할 수 있을까. 작가의 치밀하고 눈부신 문장을 조금이라도 배울 수 있을까. 그것이 가능할까. 명확한 이유를 알지 못하는 채로 시와 소설을 노트에 옮겨 쓰던 밤, 나는 어떤 생각을 했을까. 확신이 없었으니 속으로만 불퉁거렸을 것이다. '손목 운동을 하면 왜 안 되는가?'

예전만큼은 아니지만 지금도 필사를 즐긴다. 좋아하는 작가의 작품을 기억하고 싶어서, 내가 느낀 감동을 오래 간직하고 싶어서, 문장의 미학성에 감화되어서, 삶이 너무 막막할 때 이곳이 아닌 다른 세계로 도피하고 싶어서. 뻐근한 손목을 돌리며 페이지를 채워 나간다.

과거에 내가 쓴 필사 노트를 보다 보면 이런 시련에 놓일 때가 있다. 무슨 이유에서인지 문장을 필사해 놓고 그것이 어느 작가의 어떤 책의 몇 페이지인지 적어 두지 않은 것이다. 미래의 내가 그 문장의 기원을 찾아 우주를 헤매리라고는 꿈에도 생각지 못한 것 같다. 운 좋게 책 제목을 찾을 때도 있지만 끝내 찾지 못하는 경우도 왕왕 있다. 과거의 천진함과 무책임함에 분개하다가 책장을 반복적으로 훑으며 조바심에 안달을 낸다. 그 과정을 모두 거친 후 체념의 단계에 진입하면 필사된 문장에만 집중하게 된다. 작가가 의도한 주제와 맥락이 사라진 문장을 가만히 읽다 보면 놀랍게도 문장이 오롯이 홀로 빛나며 나를 비춰 준다. 내가 한 자 한 자 옮겨 적은 문장은 그 문장이 피어난 책의 역사와 무관하게 나의 영혼을 이루는 하나의 필수 불가결한 요소가 되었음을 깨닫게 된다.

시간이 흘러 예전보다는 선명한 마음으로 필사의 쓸모에 대해 이야기할 수 있게 되었다. 나와 연결된 세상이 소란스러워 마음이 어수선할 때 활자를 피난처로 삼는 일, 반듯하고 또렷한 획을 긋는 것에 몰두하는 일이 정말 시간 낭비일까. 필사의 시간은 영혼에 전념하는 시간이다. 나를 스치고 지나간 이상야릇하고 미세한 감정을 노트에 옮기며 천천히 되새기는 것이다. 내가 선택한 문장은 어떤 방식으로든 내 삶에 기여하며 영향을 미친다. 필사는 미래의 내게 보내는 편지이고 과거의 내게 보내는 위로와 격려다.

샤프심이 닳아 없어지는 속도로 나는 서서히 회복될 것이고 회복된 후에는 이전보다 더 단단해질 것을 믿는다. 이런 이유로 나는 또 견고한 문장 위에 내 가냘프고 연약한 영혼을 포개어 놓는다.

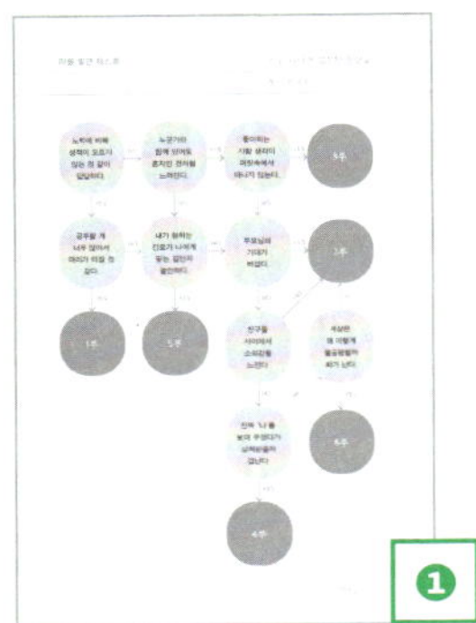

❶ 필사를 꼭 책의 순서대로 진행할 필요는 없어요. 차례를 살피며 오늘의 나에게 필요한 문장이 어디에 있을지 찾아보세요. 지금 나의 마음을 잘 모르겠다면 '마음 발견 테스트'(12면)를 활용해 보세요.

❷ 주어진 문장 전체를 필사해도 좋고, 강조 표시한 추천 문장만 필사해도 좋습니다. 창비청소년문학 시리즈의 대표작에서 엄선한 문장들이 흔들리는 마음을 다독일 뿐 아니라, 문학의 아름다움을 느끼게 해 줄 거예요.

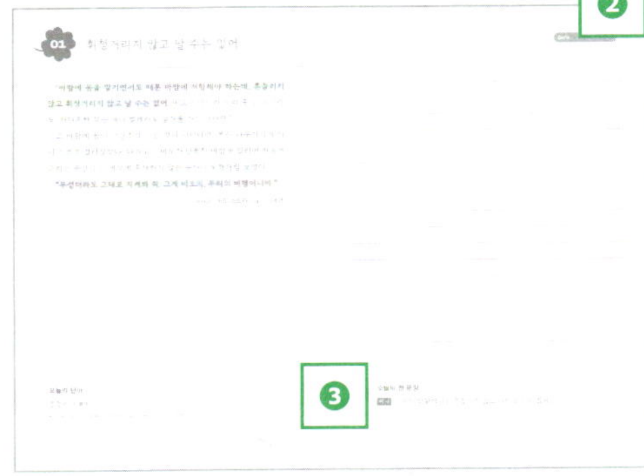

❸ 필사를 하고 난 뒤에는 오늘의 단어를 활용해 나만의 문장을 만들어 보세요.

❹ 필사를 마친 후에는 해당하는 문장의 번호를 찾아 '필사 습관 기록'(13면) 칸을 채워 보세요. 얼마나 진행했는지 한눈에 확인할 수 있습니다.

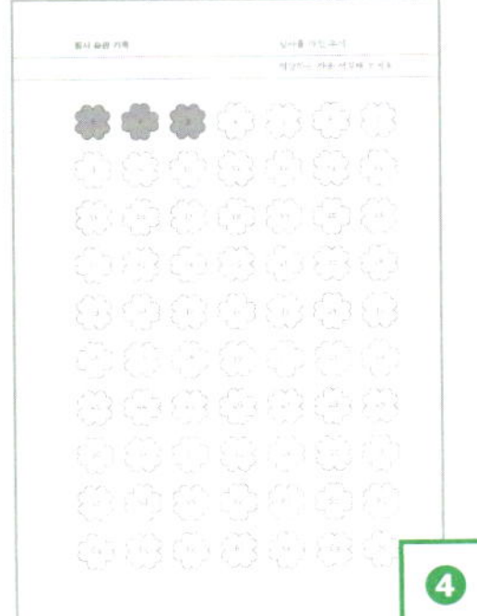

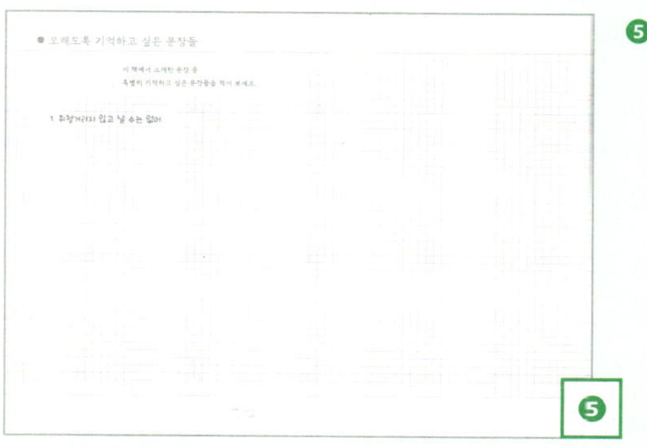

❺ 이 책에서 소개한 문장을 모두 필사했다면 '오래도록 기억하고 싶은 문장들'(170면)을 꼽아 보세요.

❻ 나만의 문장을 수집하고 필사하는 노트(174면)로 활용하세요. 내가 사랑하는 노래 가사, 나를 울린 영화 대사, 나를 다독이는 문장들을 수집해 보길 권합니다.

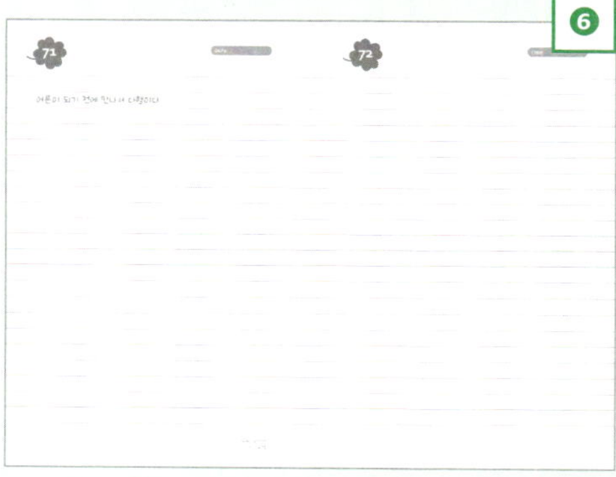

❼ 내가 읽은 책을 그림으로 하나씩 기록해 나가요. '나만의 독서 기록'(204면)으로 책장이 가득 차길 응원합니다.

지금 나에게 필요한 문장을 찾아보세요.

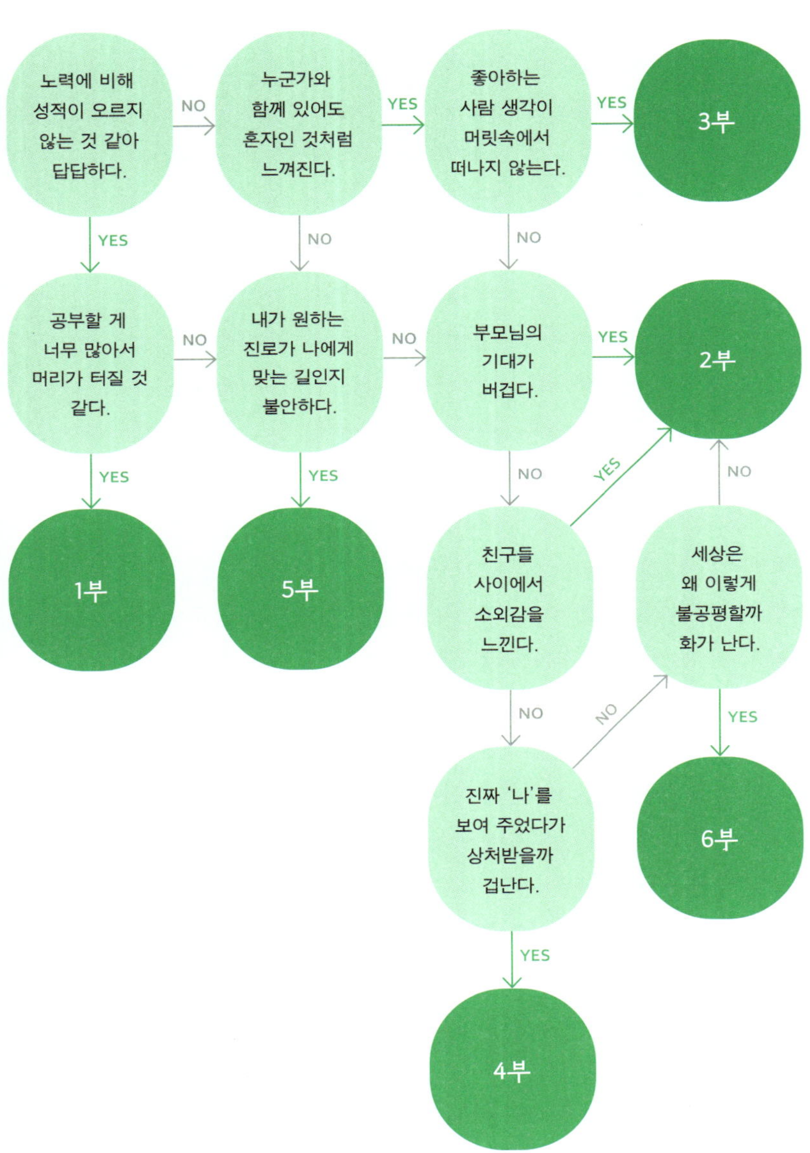

필사를 마친 후에

해당하는 칸을 색칠해 보세요.

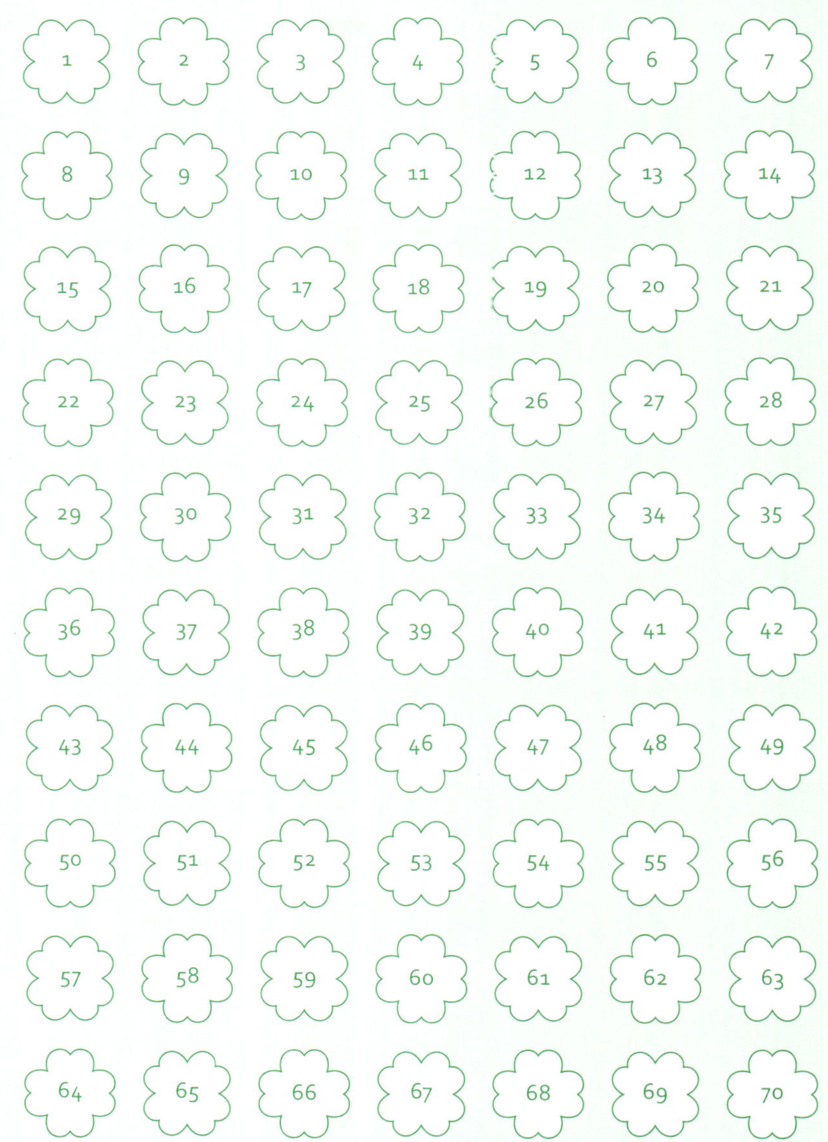

차례

1부   나 자신을 믿어도 될까

2부   같이 있어도 혼자인 것 같다면

3부 좋아하는 마음이 나를 불안하게 할 때

6부 더 나은 세상을 만들기 위해 용기가 필요할 때

1부

나 자신을
믿어도 될까

✿ 공부해야 할 게 너무 많아서 머리가 터질 것 같다.

✿ 집중이 되지 않는다.

✿ 시험을 잘 볼 수 있을까 불안하다.

✿ 이번 시험이 내 인생을 결정할 것 같아 두렵다.

✿ 부모님과 자꾸 비교하게 된다.

✿ 시험 성적이 기대보다 낮아 속상하다.

✿ 스스로가 부족하게만 느껴진다.

✿ 친구들과 자꾸 비교하게 된다.

✿ 부모님의 기대가 버겁다.

✿ 시험 성적이 기대보다 낮아 속상하다.

휘청거리지 않고 날 수는 없어

"바람에 몸을 맡기면서도 때론 바람에 저항해야 하는데, 흔들리지 않고 휘청거리지 않고 날 수는 없어. 비오가 아니라 우리 중 그 누구라도, 하다못해 작은 새나 벌레라도 날개를 가진 자라면."

그 바람에 몸이 산산조각 나는 것이 아니라면. 루는 나뭇가지에 다시 스르르 걸터앉았다. 다가오는 비오가 난폭한 바람에 밀리며 허공에 그리는 곡선이 이 세상에 존재하지 않는 숫자나 도형처럼 보였다.

"무섭더라도 그대로 지켜봐 줘. 그게 비오의, 우리의 비행이니까."

구병모 『버드 스트라이크』, 174면.

오늘의 단어

흔들리다 **동사**

• 어떤 일이나 말에 사람의 마음이 동요되거나 약한 상태가 되다.

오늘의 한 문장

예시 어떠한 상황에서도 흔들리지 않고 나아갈 수는 없어.

02 너만큼은 너 자신을 떠나지 마

"너만큼은 너 자신을 떠나지 마."

그 말이 먹먹히 가슴을 울렸다. 말이 이어질 때마다 이도해 말고도 또 다른 누군가와 대화하는 것 같다는 생각을 지울 수 없었다.

"너는 의미 있는 사람이야."

그제야 주체할 수 없는 말들이 어디서 나왔는지 알 수 있었다. 그 말들은 내 마음에서 나왔다. 내 마음 깊숙한 곳에 묻혀 있다가 이도해의 입을 통해 세상 밖으로 나온 것이었다.

김민서 『율의 시선』, 172면.

오늘의 단어

지우다 **동사**

• 생각이나 기억 따위를 의식적으로 없애거나 잊어버리다.

오늘의 한 문장

예시 못 하겠다는 생각은 지우고 도전해 보는 거야.

네가 느긋해지면 좋겠어

"김여울, 속상하지? 그런데 솔직히 시원하지 않냐? 계단 맨 위에서 굴러떨어질까 봐 조마조마했는데 막상 한 발 내려오니까 아무렇지도 않잖아? 난 너 2등 했다니까 안심이 되더라."

"놀리냐?"

"그게 아니고. 너를 당기고 있던 팽팽한 고무줄이 좀 느슨해진 느낌이랄까? 그동안 옆에서 보는 것도 힘들었거든. 원래 1등을 하면 2등도 할 수 있고, 2등을 하면 1등도 할 수 있는 거지. 나는 이번 기회에 네가 느긋해지면 좋겠어. 중학교 때부터 내내 긴장하며 살았잖아."

김중미 『곁에 있다는 것』, 245~246면.

오늘의 단어

느긋하다 형용사

• 마음에 흡족하여 여유가 있고 넉넉하다.

오늘의 한 문장

예시 가끔은 마음을 느긋하게 먹을 필요가 있다.

마음의 큰 부분을 내어 준다는 건

효정은 경기에서 지면 울었다. 마음처럼 몸이 따라 주지 않을 때도 울었고, 어쩌다 감기에 걸려 훈련을 할 수 없을 때도 울었다. 우는 것만큼 정확한 마음의 표현이 있던가? 무엇을 위해, 누군가를 위해 운다는 건 그만큼 마음의 큰 부분을 내어 주었다는 뜻과 같다.

천선란 『나인』, 223면.

오늘의 단어

정확하다 **형용사**

• 바르고 확실하다.

오늘의 한 문장

예시 세상 모든 일이 정확할 수는 없는 거잖아.

"아, 너 시험 잘 봤어? 난 망한 것 같아."

시안은 잠깐 눈을 굴리더니, 글쎄, 하며 얼버무렸다.

"야, 그게 뭐야."

"원래 학교 나오면 다 잊어버리는 거 아니야?"

해일은 그게 당연한 거 아니냐며 시안의 편을 들었다. 아주 오랜만에 세 명이 모였지만 전혀 낯설거나 어색하지 않았다. 해일은 교외로 나가고 싶어 했지만 시안의 학원 수업 때문에 멀리 갈 수는 없었다. 그 대신 천천히 달리며 충분히 바람을 쐤다. 오늘따라 하늘이 파랬다.

백온유 『페퍼민트』, 65면.

오늘의 단어

어색하다 형용사

• 잘 모르거나 아니면 별로 만나고 싶지 않았던 사람과 마주 대하여 자연스럽지 못하다.

오늘의 한 문장

예시 우리가 어색한 사이가 되었다는 게 가장 속상하다.

"생각할수록 웃기지 않냐? 다른 사람에겐 너그러우면서 정작 자신에겐 왜 그렇게 엄격한 잣대를 들이댔을까? 뭐든지 잘해야 하고 완벽해야 하고. 그럼에도 전혀 성에 차지 않고."

"……."

"주위에서 잘한다 칭찬받을 때마다 좋은 게 아니라 불안했어. 더 잘해야 하는데, 더 좋은 성과를 보여 줘야 하는데. 모든 게 단순한 행운이었다는 두려움이 밀려들었어. 사실 나는 실력도 없는데 우연찮게 이 자리에 선 건 아닌가? 이 모든 결과는 내 것이 아닐지도 몰라. 언젠가 사람들이 진짜 나를 알아 버리면 실망할 거야. 그럴 줄 알았다고 야유를 보내겠지. 이런 생각만 하면 마음이 초조해져서……."

이희영 『나나』, 128면.

오늘의 단어

불안하다 **형용사**

• 마음이 편하지 아니하다.

오늘의 한 문장

예시 불안한 이 마음도 나의 일부라고 인정해 주기로 했어.

오늘분의 감정을 꼭꼭 씹어

……대체 누구에게 물어본다는 거지?

이대로 돌아가 집 현관문을 연다는 건, 그곳에 내 얘기를 들어 줄 사람이 아무도 없음을 확인하는 일이었다. 그렇기에 지금 이 난감한 가게에서 빵을 사 가지고 나온 거잖아. 빵 한 입에 우유 한 모금 물고서, 건조하지도 눅눅하지도 않은 오늘분의 감정을 꼭꼭 씹어, 마음속 깊숙이 담아 둔 밀폐 용기에 가두기 위해.

구병모 『위저드 베이커리』, 12~13면.

오늘의 단어

열다 동사

• 자기의 마음을 다른 사람에게 터놓거나 다른 사람의 마음을 받아들이다.

오늘의 한 문장

예시 그 애가 건넨 쿠키가 내 마음을 열었다.

지금은 나만 움직인다

발등과 발가락이 부어 걷기가 힘들다. 신발도 제대로 신을 수 없었다. 나는 그냥 신발을 벗어 버렸다. 밤이라 보는 사람도 없고, 봐도 어쩔 수 없는 일이었다. 맨발로 걷는 거 나쁘지 않다. 벌써 가을이라 땅바닥이 차다. 덕분에 뜨겁게 달아오른 발이 시원해졌다. 하늘에 별도 없고 거리에 사람도 없다.

(……)

다시 거리가 조용해졌다. 멈춰 버린 동네에서 내가 움직인다. 전에는 나만 멈춘 것 같았는데 지금은 나만 움직인다. 느낄 수 있다. 나, 대회에 나간다. 나 지금 스텝 바이 스텝 중이다.

김려령 『완득이』, 109~110면.

오늘의 단어

움직이다 동사

- 멈추어 있던 자세나 자리가 바뀌다. 또는 자세나 자리를 바꾸다.
- 어떤 목적을 가지고 활동하다. 또는 활동하게 하다.

오늘의 한 문장

예시 이제는 생각을 멈추고 움직여야 할 때다.

09 날개 크기가 뭐가 중요하겠어

"날개 크기가 뭐가 중요하겠어. 자유롭게 비행할 수 있으면 그만이지."

나는 한 번도 힘껏 날아 본 적 없었다. 내 날개가 조금 더 크게 자라면 그때 날아오르리라 생각했다. 결국 제대로 된 날갯짓조차 해 본 적 없었다. 활짝 펼쳤을 때, 내 날개가 기대보다 작고 초라할까, 비웃음을 당할까 두려웠다.

'세상에는 그런 사람들이 있나 봐. 스스로를 사랑하는 게 어렵고 힘든……'

그게 바로 나였다. 그 사실을 너무 늦게 깨달았다. 아니 애써 모른 척했다.

"네 날개를 끝까지 인정 안 한 건 결국 나였네. 미안하다, 한수리."

이희영 『나나』, 147~148면.

오늘의 단어

제대로 **부사**

- 제 격식이나 규격대로.
- 마음먹은 대로.

오늘의 한 문장

예시 자신의 문제를 제대로 들여다보는 건 쉽지 않은 일이다.

10 모험은 떠나야만 가능한 것은 아니다

　다섯 마지기 논이 내게는 우주 전체와 맞먹는다. 순전히 내 힘으로 추수를 하고 나면 얼마나 감동적일지 상상만 해도 가슴이 벅차오른다. 11월쯤 논 한쪽에 샤인머스캣 나무를 심을 일도 벌써 기대가 된다. 모험은 자기가 태어나 살아온 곳으로부터 떠나야만 가능한 것은 아니다. 나처럼 계속 살아온 곳을 지키며, 남들이 하지 않는 일을 하는 것도 모험이다. 이런 생각을 하는 내가 좀 멋진 것 같다. 우리 할머니가 늘 말했듯이 나는 세상에 둘도 없는 김광수다.

김중미「나는 농부 김광수다」,『두 번째 엔딩』, 144~145면.

오늘의 단어

모험 명사

• 위험을 무릅쓰고 어떠한 일을 함. 또는 그 일.

오늘의 한 문장

예시 새로운 동네를 산책하는 것처럼 작은 모험도 괜찮아.

너는 너로만 살아

밤늦도록 그렇게 장롱을 비워 냈다. 야밤에 그 많은 옷가지들을 낑낑 들고 나가 의류 수거함에 넣고, 이불과 가방 들은 다음 날 큰 쓰레기 봉투를 사다가 버리기로 하고 현관에 쌓아 두었다. 그런 뒤에야 샤워를 하고 겨우 이부자리에 누웠다.

"속이 다 시원하네. 다음에 쉴 때는 싱크대 정리해야겠어."

"내가 이사 올 때 그 꽃무늬 접시랑 그릇 들 버리라고 했지?"

"아까워서 못 버렸지. 근데 생각해 보니까 안 쓰는 그릇들 때문에 저 공간을 못 쓰는 게 아까운 거였어. 다 버리고 차하고 커피 넣어 둬야겠다. 그런 건 천지가 잘했는데. 그치?"

"아쉬운 대로 내가 천지 몫까지 잘해 볼게."

"너는 네 몫만 하면 돼. 자기 몫만 하고 사는 것도 힘들어. 마음은 기특하고 예쁜데, 너는 너로만 살아. 엄마는 그랬으면 좋겠어."

김려령 「언니의 무게」, 『두 번째 엔딩』, 28면.

오늘의 단어

몫 **명사**

• 여럿으로 나누어 가지는 각 부분.

오늘의 한 문장

예시 내 몫을 나누어 주어도 좋을 만큼 너는 중요한 사람이야.

같이 있어도
혼자인 것 같다면

✽ 친구와 오해가 생겼다.

✽ 내가 모르는 단체 대화방이 있다는 걸 알게 됐다.

✽ 외롭다, 외롭다, 외롭다.

✽ 아무 말 안 했지만, 우리가 멀어진 것을 느낄 수 있었다.

❀ 부모님도 선생님도 나에게 관심이 없는 것 같다.

❀ 내가 그렇게 존재감이 없나?

❀ 솔직하게 마음을 터놓을 사람이 없다.

❀ 가족들은 나를 이해하지 못한다.

❀ 부모님도 선생님도 나에게 관심이 없는 것 같다.

❀ 내가 그렇게 존재감이 없나?

12 마음의 주인조차 모르는 마음에게

사람들은 흔히 말했다. 열 길 물속은 알아도 한 길 사람 속은 모른다고. 그러니 타인을 조심하자는 의미로 받아들였다. 세상에는 남을 속이는 엉큼한 사기꾼들이 많으니까. 하지만 그 속을 모르는 건 정작 마음의 주인이지 않을까. 한 길이란 사람의 키 정도라고 했다. 180센티미터도 안 되는 깊이에 뭐가 이리 가득 쌓였을까? 무엇을 그리 꽁꽁 숨겨 놓았을까? 왜 한 번도 제대로 들여다보지 못했을까?

이희영 『나나』, 132~133면.

오늘의 단어

속이다 동사

• 거짓이나 꾀에 넘어가게 하다.

오늘의 한 문장

예시 다른 사람을 속일 수는 있어도 자신을 속일 수는 없다.

외롭다는 말보다 먼저 배운 마음

　말할 수 없는 것들이 있다. 말해지지 않는 것들이 있다. 다른 사람의 눈길만으로 아파지는 것들이 있다. 돌이킬 수 없으면서 사라지지도 않는 것들이 있다. 사라진 후에도 사라지지 않는 것들이 있다.

　아니, 내가 과연 은기의 마음을 알까? 한 조각이라도? 상상이라도 할 수 있을까? 그런 마음을, 감히 내가? 나 아닌 다른 누구나라도?

　그건 진정으로 외로운 일이다. 누구와도 같지 않은 마음을 가졌다는 건.

　나는 외롭다는 말보다 그 마음을 먼저 배웠다. 이제 와 생각하니 그랬던 것이다.

이현 『호수의 일』, 123~124면.

오늘의 단어

사라지다 동사

- 현상이나 물체의 자취 따위가 없어지다.
- 생각이나 감정 따위가 없어지다.

오늘의 한 문장

예시 나는 사라지지 않고 네 곁에 있을 것이다.

새로 돋아난 살은 왜 눈에 띄는지

아이들은 화연이가 뒤끝이 없다고 합니다. 그런데 나는 아니라고 합니다. 활을 쏜 사람한테 뒤끝이 있을 리가요. 활을 쏴서 미안하다고 사과를 질질 흘리고 다니는 사람, 아직 못 봤습니다. 아이들은 과녁이 되어 몸 깊숙이 박힌 활이 아프다고 한 제게 뒤끝을 운운합니다. 참고 인내해야 하는 건 늘 당한 사람의 몫인지요. 아이들은 저 스스로 활을 뽑고 새살을 돋아나게 해 파인 자국을 메우길 바랐습니다. 그렇게도 해보았습니다. 그런데 새로 돋아난 살은 왜 그렇게 눈에 띄는지, 더 아팠습니다.

김려령 『우아한 거짓말』, 123면.

오늘의 단어

아프다 형용사

• 슬픔이나 연민이나 쓰라림 따위가 있어 괴로운 상태에 있다.

오늘의 한 문장

 마음껏 아파한 다음 털어 내자.

   ……무엇보다도 사람의 감정은 어째서, 뜨거운 물에 닿은 소금처럼 녹아 사라질 수 없는 걸까. 때로 어떤 사람들에게는 참치 통조림만도 못한 주제에.

   그러다 문득 소금이란 다만 녹을 뿐 사라지지는 않는다는 걸 깨닫는다. 어떤 강제와 분리가 없다면 언제고 언제까지고 그 안에서.

구병모 『위저드 베이커리』, 163면.

오늘의 단어

뜨겁다 형용사

- 손이나 몸에 상당한 자극을 느낄 정도로 온도가 높다.
- (비유적으로) 감정이나 열정 따위가 격렬하다.

오늘의 한 문장

예시 너를 향한 나의 마음은 이렇게도 뜨거운데.

16 못되게 굴고 싶은 마음

　나는 못되게 굴고 있었다. 못되게 굴고 싶었다. 나래가 울고 있다면, 지후가 정떨어진 얼굴로 나를 노려보고 있다면, 그건 내가 아주 잘 해냈다는 뜻이었다.

　친구란 그런 거였다. 무엇을 좋아하는지만큼 무엇을 아파하는지도 잘 아는 사이. 그러니까 치명적인 위험이 잠복해 있는 사이.

　나래가 울고 있었다. 입술을 꼭 다문 채 소리 없이 눈물만 주룩. 마음이 쓰라리게 아팠다. 하지만 내 안에 뭔가 있었다. 나는 모르는 누군가, 아니 어디서 본 듯한 낯익은 누군가. 그건 나였다. 그게 진짜 나인지도 몰랐다. 아니, 진짜 나였다. 못돼 먹은 애. 다 망쳐 버리는 애. 나래도, 지후도 그리고 은기도. 진주의 웃음으로 가득한 집, 우리 집도.

이현 『호수의 일』, 238면.

오늘의 단어

해내다 동사

• 상대편을 여지없이 이겨 내다.
• 맡은 일이나 닥친 일을 능히 처리하다.

오늘의 한 문장

예시 내가 해낼 거라고 믿어 주는 사람이 있다.

17 과거의 우리들, 현재의 우리들

유난스럽다는 느낌이었다. 수현이 에너지를 쏟는 것들에 공감하기가 힘들었다. 옳은 일이라는 것은 동의하지만 돌보아야 하는 것을 찾자면 더 가까운 곳에 있지 않은지. 가령,

우리들, 같은.

과거의 우리들과 현재의 우리들, 또 미래의 우리들만 따져 보아도 문제가 산재해 있는 게 아닌가.

백온유 『유원』, 155~156면.

오늘의 단어

유난스럽다 **형용사**

• 언행이나 상태가 보통과 달리 특별한 데가 있다.

오늘의 한 문장

예시 우리는 유난스럽게 모든 걸 같이하기를 고집했다.

언제부턴가 나는 손에 보이지 않는 방패를 들고 서 있다가 누군가가 내게 다가오려면 밀쳐 냈다. 누군가가 나를 공격이라도 할까 봐 주먹을 움켜쥐고 있었다. 그래야 내 마음이 다치지 않고, 외롭지도 않을 거라 생각했다. 그런데 어느 날 보니 그 사람들은 나처럼 주먹을 쥐고 있지도 않았고 방패를 들고 있지도 않았다. 작은엄마도, 광수도, 용민이와 용우도 빈손이었다. 섭섭하다면 섭섭하다고 말하고, 화가 나면 화가 난다고, 슬프면 슬프다고 말했다. 나만 혼자 주먹에 잔뜩 힘을 주고, 감당하지 못할 만큼 무거운 방패를 든 채 힘겨워하고 있었다는 걸 깨달았다. 그러자 온몸에 힘이 쭉 빠지면서 멋쩍어졌다. 나는 아무도 모르게 방패를 치우고 주먹도 슬쩍 폈다. 그렇게 할머니한테 대들어 보기도 하고, 작은엄마에게 다가가 말도 걸었다. 그러자 작은엄마가, 용민이와 용우가 다르게 보였다. 할머니의 무뚝뚝한 말투에 숨은 마음도 보였다. 나는 그렇게 열일곱이 되었다.

김중미 『모두 깜언』, 311면.

오늘의 단어

멋쩍다 형용사

• 하는 짓이나 모양이 격에 어울리지 않다.

• 어색하고 쑥스럽다.

오늘의 한 문장

예시 그동안 고마웠다는 말을 하려니 멋쩍었다.

19 작은 하루가 모여

　나를 찾았으면 자기가 숨을 차례인데, 내가 또 숨어도 꼬박꼬박 찾아줬다. 좋다. 숨었다 걸렸으니 이제는 내가 술래다. 그렇다고 무리해서 찾을 생각은 없다. 그것이 무엇이든 찾다 힘들면 '못 찾겠다, 꾀꼬리'를 외쳐 쉬엄쉬엄 찾고 싶다. 흘려보낸 내 하루들. 대단한 거 하나 없는 내 인생, 그렇게 대충 살면 되는 줄 알았다. 하지만 이제 거창하고 대단하지 않아도 좋다. 작은 하루가 모여 큰 하루가 된다. 평범하지만 단단하고 꽉 찬 하루하루를 꿰어 훗날 근사한 인생 목걸이로 완성할 것이다.

김려령 『완득이』, 206면.

오늘의 단어

하루 **명사**

• 한 낮과 한 밤이 지나는 동안. 대개 자정에서 다음 날 자정까지를 이른다.

오늘의 한 문장

예시 당신이 평안한 하루를 보내면 좋겠다.

20 심연과 심연을 부딪치는 일

집으로 돌아오는 길 고개를 들어 보았다. 보도블록도 하늘도 아니고, 똑바로 앞을 바라보았다. 사람들의 얼굴이 보였고, 눈이 보였다. 타인의 눈은 늘 내게 심연이었다. 바라보면 깊은 구덩이 속으로 떨어져 다시는 올라오지 못할 것 같은 기분이 들었다. 하지만 나는 심연을 들여다보았고, 끝내 깨닫게 되었다. 나 또한 누군가에게는 심연이었음을.

심연과 심연을 부딪치는 일은 완전히 다른 두 세계가 서로 충돌하는 일과 같았다. 그 충돌은 큰 상처를 남기기도 했지만, 때로는 아름다운 것을 전해 주기도 했다. 이를테면, 변화 같은 거.

김민서 『율의 시선』, 213면.

오늘의 단어

심연 **명사**

- 깊은 못.
- 좀처럼 빠져나오기 힘든 구렁을 비유적으로 이르는 말.

오늘의 한 문장

예시 절망의 심연에서 빠져나오는 데 너의 도움이 컸다.

어둠에 눈이 익자 사물의 윤곽이 희미하게나마 드러났다. 나는 고개를 돌려 수현의 얼굴을 봤다. 어둠 속에서도 까만 눈동자가 반짝거리는 게 보였다.

"아침에 일어나면 뭐 할래?"

"점심까지 늦잠."

"좋아."

나는 한때 세상에서 나를 가장 미워했던 아이의 어깨에 기대어서 꿈을 꾸기 시작했다. 편안했다.

백온유 『유원』, 177면.

오늘의 단어

윤곽 **명사**

- 일이나 사건의 대체적인 줄거리.
- 사물의 테두리나 대강의 모습.

오늘의 한 문장

예시 잊은 줄 알았던 그 아이의 얼굴 윤곽이 또렷하게 떠올랐다.

22 그냥 말없이, 그러나 아주 천천히

늘 그랬듯이 모르는 척, 아무렇지 않은 척하고 자리에 앉았는데, 이번에는 여자애들이 약속이라도 한 듯 피해 앉았다. 하지만 4학년 때 짝은 자리를 피하지 않았다. 그렇다고 내게 눈길을 주거나 말을 걸지도 않았다. 그냥 말없이, 그러나 아주 천천히 밥을 먹었다. 나도 그 아이의 속도에 맞춰 천천히 점심을 먹었다. 짝은 평소에 밥을 너무 빨리 먹어서 선생님한테 지적을 받곤 했다. 나는 알고 있었다. 그 아이가 다른 아이들을 따라 자리를 피하지 않으려면 얼마나 큰 용기가 필요한지를. 그럼에도 그 아이에게 고맙다는 말을 하지 못했다. 그럴수록 오히려 그 아이를 더 곤란하게 만든다는 것을 알고 있었기 때문이다. 그 아이와 나는 그렇게 서로를 배려했다. 그건 우리처럼 약한 아이들끼리의 연대감이었다.

김중미 『곁에 있다는 것』, 126면.

오늘의 단어

천천히 | 부사

• 동작이나 태도가 급하지 아니하고 느리게.

오늘의 한 문장

예시 천천히 나의 속도로 걸어가기로 했다.

나를 알기도 전에 나를 좋아한 사람

"엄마."

"왜."

"내가 언제부터 좋았어?"

"처음부터 좋았지. 저번에도 묻더니."

맞다. 나는 예전에도 엄마에게 물은 적이 있다. 엄마, 엄마는 내가 언제부터 좋았어? 그때도 엄마는 말했다. 태어나기 전부터 좋았지.

나를 알기도 전에 나를 좋아하는 사람이 있다는 건 신기한 일이다. 나를 뭘 보고 좋아한다는 거지? 내가 어떤 애가 될 줄 알고? 아닌가. 오히려 어떤 애가 될 줄 잘 모르니까, 몰라서 좋아할 수 있는 건가. 내가 이렇게 자랄 줄 미리 알았어도 엄마가 나를 좋아했을까.

엄마가 무작정 나를 믿을 때마다, 엄마의 믿음이 언니로부터 비롯되었음을 느낀다. 이제는 그것이 나쁘지만은 않다.

백온유 『유원』, 211면.

오늘의 단어

무작정 부사

• 얼마라든지 혹은 어떻게 하리라고 미리 정한 것이 없이.

오늘의 한 문장

예시 문득 어린 시절이 무작정 그리워졌다.

24

너 아주 귀한 애야

엄마가 준 컵을 꼭 쥐었습니다. 차가웠습니다.

"천지야, 속에 담고 살지 마. 너는 항상 그랬어. 고맙습니다, 라는 말은 잘해도 싫어요, 소리는 못 했어. 만약에 지금 싫은데도 계속하고 있는 일 있으면, 당장 멈춰. 너 아주 귀한 애야. 알았지?"

김려령 『우아한 거짓말』, 110~111면.

오늘의 단어

꼭 부사

- 야무지게 힘을 주어 누르거나 죄는 모양.
- 힘들여 참거나 견디는 모양.

오늘의 한 문장

예시 눈물이 나올 것 같았지만 꾹 참았다.

3부

좋아하는 마음이

나를 불안하게 할 때

❀ 좋아하는 마음을 들킬까 봐 긴장된다.

❀ 마음을 고백할까 말까 고민된다.

❀ 너의 말 한마디에 휘청이는 내가 초라하게 느껴지고.

❀ 혼자 상상하고 혼자 상처받는 내가 한심해서.

❁ 네가 나를 어떻게 생각할까 궁금해.

❁ 너의 말이 머릿속을 떠나지 않는다.

❁ 헤어진 그 사람이 미우면서도 그립다.

❁ 너의 SNS를 자꾸만 서성이게 된다.

25

이 예쁜 걸 나만 알아서

　이서우가 아이스크림을 양손에 들고 먹었다. 아이스크림을 먹고, 먹고 또 먹었다. 이서우가 아이스크림을 먹는 동안 나는 그 모습을 한순간도 놓치지 않고 눈에 담았고, 먹는 소리를 귀 기울여 들었다. 먹을 때 신기하게도 냠냠, 하는 소리가 났다. 만화에 나오는 캐릭터 같았다. 이 예쁜 걸 나만 알아서 다행이다. 나는 문득 생각했다.

백온유 『냠냠』, 31~32면.

오늘의 단어

다행 명사

• 뜻밖에 일이 잘되어 운이 좋음.

오늘의 한 문장

예시 너랑 같은 반이 되어서 다행이다.

잠깐 울었을 뿐인데 탈진한 듯 기운이 없었다. 100미터만 가면 되는 버스 정류장이 한없이 멀어 보였다. 한숨이 나왔다.

그때 은기가 내 손을 잡았다. 그리고 한 걸음, 나도 은기 손을 마주 잡았다. 몇 걸음 가다가 은기가 잡은 손에 살짝 힘을 주었다. 우리는 그렇게 함께 걸었다. 우리에게는 다른 어떤 소리도 없었다. 우리는 그저 손을 잡고 있었고, 온통 흔들리고 있었다.

손이란 참 힘이 세구나. 그저 조금 힘을 주었을 뿐인데 온 마음이 전해지는구나. 따스해지는구나. 또 그만 눈물이 솟았다. 조금도 슬프지 않은데, 왜, 대체.

은기는 왜냐고 묻지 않았다. 울지 말라고 말하지도 않았다. 은기도 알고 있는 거였다. 스스로 설명할 수 없는 눈물이 있다는 걸. 은기도 그렇게 울어 본 거였다.

은기는 가만히 곁에 있었다. 그저 조용히, 이따금 힘주어 손을 잡아 주며.

이현 『호수의 일』, 150면.

오늘의 단어

<u>스스로</u> 부사

- 자신의 힘으로.
- 남이 시키지 아니하였는데도 자기의 결심에 따라서.

오늘의 한 문장

예시 스스로 버틴 시간들이 얼마나 대단한지 나는 알고 있어.

우리가, 닿아도 될까?

　알고 보면 그저 맥박이 뛰는 것일 텐데도. 영혼이 몸을 떠나가 다른 세계에 진입한 것만 같은 감각과 함께, 등과 머리에 촉촉한 풀밭이 느껴졌다. 살짝 눈을 떴을 때 자신을 내려다보는 비오의, 어딘가 안타까워하는 것도 같고 사랑스러워하는 것도 같은 눈빛과 마주쳤다. 우리가, 닿아도 될까? 마주해도 괜찮을까? 누가 먼저랄 것 없이 서로가 서로를 향해 그리 묻고 있었다.

구병모 『버드 스트라이크』, 187~188면.

오늘의 단어

감각 명사

• 눈, 코, 귀, 혀, 살갗을 통하여 바깥의 어떤 자극을 알아차림.
• 사물에서 받는 인상이나 느낌.

오늘의 한 문장

예시 너와 함께 있을 때면 감각이 예민해졌다.

새하얀 눈도, 화려한 연말도, 크리스마스조차 별 감흥이 없다 했어. 그런데도 나는 일 년 중 겨울을 가장 좋아한다고 말했어. 대체 왜? 네가 물었지. 나는 잠시 망설이다 그 이유를 말했어. 너는 작게 소리 내어 웃었지. 그렇구나. 그게 네 대답이었어. '고작'이나 '겨우'라고 말하지 않아서, 참 좋았어. 너는 웃을 때 두 눈이 완전히 사라졌지. 그 모습에 나도 모르게 따라 웃었어. 어쩔 수 없잖아. 네 미소를 보고 함께 웃지 않는 건 나에게는 정말 어려운 일이었거든.

이희영 『여름의 귤을 좋아하세요』, 27면.

오늘의 단어

망설이다 동사

- 이리저리 생각만 하고 태도를 결정하지 못하다.

오늘의 한 문장

예시 혹시라도 좋은 친구를 영영 잃어버릴까 봐 고백을 망설였다.

하지만 비오가 너한테조차 아무 말 없이 훌쩍 떠났다는 건 용서가 안 돼. 난 당연히 그길로 도시에 한번 들렀다 갈 줄 알았지. 비오도 그럴 거라고 했는데 날 속였어. 내가 왜 그렇게 여겼는가 하면, 다음에 비오가 돌아온다면 그건 우리한테로가 아니라 너한테로일 거라고 생각했으니까. 그 어떤 새도 영원히 허공에서만 살 수 없고 언젠가 땅에 내려앉아서 두 발을 디뎌야 한다면, 네가 그의 유일한 영토이니까.

구병모 『버드 스트라이크』, 294면.

오늘의 단어

들르다 **동사**

- 지나는 길에 잠깐 들어가 머무르다.

오늘의 한 문장

예시 그날 너는 내 마음에 들르듯 찾아왔지.

오래도록 기다려 온 반가운 손님처럼

경애는 문득 생각에서 깨어났다. 불청객 같은 사랑이라. 그 한마디가 가슴속 어딘가를 건드렸다.

"그러니 경애야, 넌 그런 사랑을 하지 마라. 오래도록 기다려 온 반가운 손님처럼, 그렇게 기꺼운 사람을 사랑하려무나."

오래도록 기다려 온 반가운 손님. 경애는 저도 모르게 해방 다음 날 저녁을 떠올렸다. 배롱나무 집으로 돌아가자 기수가 서 있었다.

이제부터 도련님이라고 부르지 마.

이현 『1945, 철원』, 271면.

오늘의 단어

기껍다 형용사

• 마음속으로 은근히 기쁘다.

오늘의 한 문장

예시 너는 언제나 기꺼운 얼굴로 나를 따라나섰다.

처음이 된다는 건

이도해가 천천히 고개를 기울였다. 이도해가 고개를 기울이면 까만 눈에 담긴 하늘도 산도 전부 기울어졌다. 비스듬한 세계에서 이도해가 비스듬히 답했다.

"처음이 된다는 건 의미 있는 일이잖아."

의미. 효율도 이득도 아닌. 희미한 응어리가 마음 깊은 곳에서 꿈틀거렸다. 제발 자기를 봐 달라고 내게 칭얼거렸다.

김민서 『율의 시선』, 86~87면.

오늘의 단어

의미 명사

- 말이나 글의 뜻.
- 사물이나 현상의 가치.

오늘의 한 문장

예시 너는 나에게 의미 있는 사람이다.

어쩌면 그렇게 환히 웃었지, 너는

아주 짧은 순간이었다. 대단치도 않은 순간이었다. 은기는 그저 웃으며 뛰어왔을 뿐이다. 아주 먼 곳으로부터 달려온 것처럼. 마침내 찾아 헤매던 것을 발견한 것처럼.

나도 그렇게 웃고 있었다. 거울을 보지 않아도 알 수 있었다.

어떤 기억은 너무나 강렬해서 결코 그 이전의 시간으로 되돌아갈 수가 없다. 그때는 그런 줄 전혀 모를 수도 있지만. 아니, 마음은 이미 알고 있었을 것이다. 무심코 지나쳤던, 사소한 순간들이 이렇게나 또렷하게 기억에 남아 있는 걸 보면.

어쩌면 그렇게 환히 웃었지, 너는.

이현 『호수의 일』, 111면.

오늘의 단어

무심코 부사

• 아무런 뜻이나 생각이 없이.

오늘의 한 문장

예시 무심코 한 말이라고 생각하면서도 너의 말을 몇 번이고 곱씹었다.

33 말하지 못하는 게 생길 때

집으로 돌아가는 미래의 등이 낯설다. 늘 보는 뒷모습인데도 오늘은 유독 더 낯설고, 이질적이고, 두렵고, 어둡게 느껴졌다. 비밀을 밝히지 않는다는 건 멀어진다는 걸까. 말하지 못하는 게 생길 때 관계에도 거리가 생기는 걸까. 그럼 끝끝내 말하지 못한다는 건, 그렇게 멀어지다 결국 남이 된다는 걸까. 하나를 감추려니 다른 것들이 서로 엉겨 붙어 모든 게 눈덩이처럼 불어나고 있다.

천선란 『나인』, 141면.

오늘의 단어

낯설다 형용사

- 전에 본 기억이 없어 익숙하지 아니하다.
- 사물이 눈에 익지 아니하다.

오늘의 한 문장

예시 그런 표정을 하는 네가 낯설었다.

34 좋아하는 애에게 미움받는다는 건

이서우를 보지 못한 지는 닷새째였다. 우리가 만났던 편의점 앞에서 닷새 내내 기다렸지만 그 애는 모습을 드러내지 않았다. 편의점 사장님 역시 이서우의 행방을 알지 못한다고 했다. 혹시 무슨 일이 생긴 게 아닌가 싶어 안부를 묻는 메시지를 보내 봤지만 답장조차 없었다. 내가 잘못한 건 인정하지만 이렇게 대화조차 거부하다니! 처음에는 미안함만 가득했던 마음이 점점 변해 갔다. 그래도 꽤 친해졌다고 생각했는데 나만의 착각이었다니 섭섭했고, 조금 우울해졌다. 좋아하는 애에게 미움받는다는 건 슬프고 힘든 일이었다.

백온유 『냠냠』, 73~74면.

오늘의 단어

안부 명사

- 어떤 사람이 편안하게 잘 지내고 있는지 그렇지 아니한지에 대한 소식. 또는 인사로 그것을 전하거나 묻는 일.

오늘의 한 문장

예시 가끔씩 너의 안부가 궁금하다.

“너에게 이런 면이 있는 줄 몰랐어.”

내가 말했지. 너는 그제야 고개 들어 나를 보았어.

“나도 나에게 이런 면이 있는 줄 몰랐어.”

네 아바타가 빙긋이 웃었어. 두 눈이 사라지는 미소를 보며 나는 황급히 시선을 돌렸지. 내 헤드셋에도 열 센서가 작동할 것 같았거든.

누군가를 마음에 담아 두는 일은, 타인이 아닌 낯선 스스로를 만나는 시간인 것 같아. 그 사실을 너를 통해 배웠어.

이희영『여름의 귤을 좋아하세요』, 121면.

오늘의 단어

빙긋이 **부사**

• 입을 슬쩍 벌릴 듯하면서 소리 없이 가볍게 한 번 웃는 모양.

오늘의 한 문장

예시 복도에서 우연히 마주치자 그 아이가 빙긋이 웃었다.

모르게 찾아와 명백하게 떠나는

은기에게 나는 그때 거기 있었던 애다. 그 일을 생각나게 하는 애다. 그 일 중의 하나다. 지워 버리고 싶은, 그러므로 지우고 만 일.

나는 은기를 잃었다.

은기도 나를.

마음은 모르게 찾아와 명백하게 떠난다. 눈물이 솟았다. 참지 않고 두었다. 좋은 것을 잃었을 때는 좋았던 만큼 슬플 수밖에 없다. 슬픔은 다하고서야 비로소 다해질 것이다.

이현 『호수의 일』, 320면.

오늘의 단어

다하다 **동사**

- 어떤 것이 끝나거나 남아 있지 아니하다.
- 어떤 일을 위하여 힘, 마음 따위를 모두 들이다.

오늘의 한 문장

예시 전하지 못한 말이 남아서 아직 이 마음도 다하지 못했다.

나를 설명할 말을
찾기가 어려워서

❀ 내가 무엇을 좋아하는지 나도 잘 모르겠다.

❀ 겉으로 보이는 내 모습이 전부는 아닌데.

❀ 나만 주변 사람들과 다른 것 같다.

❀ 아무도 나를 모른다.

✿ 내 존재가 꼭 그림자 같다.

✿ 어디에도 소속감을 느끼지 못한다.

✿ 진짜 '나'를 보여 주었다가 상처받을까 겁난다.

✿ 나를 좋아할 수 있을까.

✿ 내 존재가 꼭 그림자 같다.

# 나를 소개하는 일이 싫습니다

"이천지입니다."

인사가 싱거웠는지 선생님은 다시 한번 하라고 했습니다. 나는, 나를 소개하는 일이 싫습니다. 딱히 잘하는 것도 없고, 있다 해도 자랑처럼 말하고 싶지 않습니다. 어린이집에서 유치원으로, 유치원에서 유치원으로, 학교에서 학교로, 참 많이 옮겨 다녔습니다. 하지만 전학보다 더 싫은 건 역시 자기소개였습니다.

"열한 살, 이천지입니다."

"야, 우리도 열한 살이야."

아이들이 웃었습니다. 도대체 어떤 근사한 소개를 원했던 것일까요.

김려령 『우아한 거짓말』, 18~19면.

오늘의 단어

<u>소개하다</u> **동사**

• 서로 모르는 사람들 사이에서 양편이 알고 지내도록 관계를 맺어 주다.
• 잘 알려지지 않았거나 모르는 내용을 잘 알도록 설명하다.

오늘의 한 문장

예시 세상에서 가장 소중한 나의 친구를 소개할게.

38 마음의 일을 어째서 자신이 모를까

그날 이후 나는 달라졌습니다, 같은 건 아니다. 수학 공식처럼 숫자를 대입하면 답이 나오는 게 아니다. 논술처럼 서론과 본론과 결론이 분명한 것도 아니다. 그냥 그렇게 됐다. 그냥 뭔가 싫어졌고, 학원도 하나씩 끊게 되었다. 성적도 떨어졌다.

사람은 왜 자기한테 일어난 일을 제대로 이해하지 못할까. 제 마음의 일을 어째서 자신이 모를까. 그건 제 안에만 담긴 거라서 남들은 절대로 알 수 없는 것인데. 자신조차 이해하지 못하면 끝내 아무도 모를 일인데.

이현『호수의 일』. 137면.

오늘의 단어

이해하다 동사

- 깨달아 알다. 또는 잘 알아서 받아들이다.
- 사리를 분별하여 해석하다.

Date.

오늘의 한 문장

예시 내 마음조차 모를 때가 있는데, 너를 이해할 수 있을까.

39 너 자신을 찾으라는 건

내가 누구인지 찾으라고? 육체로 돌아가는 방법을 모색하라는 뜻일까. 차라리 원어민도 해석 못 하는 영어 지문을 읽는 게 낫겠다.

나는 벽에 기대선 선령을 바라보았다.

"사람들이 흔히 너 자신을 찾으라고 하잖아요."

그가 몸을 일으키고는 나를 향해 가까이 다가왔다.

"그럼, 그 전에 이미 자신을 잃어버렸다는 뜻일까요?"

이희영 『나나』, 50면.

오늘의 단어

모색하다 동사

• 일이나 사건 따위를 해결할 수 있는 방법이나 실마리를 더듬어 찾다.

오늘의 한 문장

예시 너의 도움으로 새로운 길을 모색할 수 있었다.

40 발밑이 아주 희미하게 떠 있다

고향을 떠난 생명체는 자신들의 존재가 지워질까 늘 불안해했다. 발붙여 산다 해도 그 행성은 자신의 땅이 될 수 없었다. 발밑이 아주 희미하게 떠 있다. 겉으로 보면 모르지만 당사자만은 느낄 수 있는 그 이질감, 낯섦, 생경함, 피곤함. 이곳에서 난데없이 추방될지도 모른다는 상상. 혹은 납치되어 생명의 위협을 받아도 누구에게 도움을 요청할 수 없을 것 같은 두려움. 이방인은 그곳의 토착민이 될 수 없었다. 불안은 넝쿨처럼 서로를 옭아맸다. 서로의 목숨을 반절씩 나누어 가진 양 굴었다.

천선란 『나인』, 82면.

오늘의 단어

생경하다 형용사

• 세상 물정에 어둡고 완고하다.

• 익숙하지 않아 어색하다.

오늘의 한 문장

예시 낯선 도시의 생경한 풍경이 나를 움츠러들게 했다.

41 어쩌면 모두가 외계인이라서

타인의 인생과 가치관을 가감 없이 마주하는 일은 새로운 우주를 발견하는 일과 같았다. 서진욱이 자신을 있는 그대로 드러낼수록 나는 전혀 다른 세계 속에서 숨 쉬고 있다는 느낌을 받았다.

어쩌면, 아주 어쩌면 말이지, 사람들은 모두 각자만의 세계를 가진 외계인일지도 모른다.

모두가 외계인이라서 우리는 죽을 때까지 서로를 이해하지 못하고, 불안해하고 헐뜯고, 그리고 나를 이해해 줄 사람을 찾아 평생을 헤매는 것이다.

김민서 『율의 시선』, 144면.

오늘의 단어

우주 **명사**

- 무한한 시간과 만물을 포함하고 있는 끝없는 공간의 총체.

오늘의 한 문장

예시 너의 눈동자에는 아름다운 우주가 담겨 있었다.

아주 평범하거나 혹은 평범하기 위해

평범하게 살던 주인공이 어느 날 자신의 힘을 깨닫고 모험을 떠나는 이야기나, 옆집의 친절한 이웃이 사실 영웅이었다는 이야기를 좋아했던 이유는 그것으로 삶에 일어나지 않을 판타지를 대리 만족 할 수 있어서였다. 나인도 한때 자신이 밤에는 세상을 구하지만 아침에 눈을 뜨면 지난 새벽의 일을 기억하지 못하는 영웅이라 믿었던 시절이 있었지만 그게 사실이 아니리라는 걸 깨달았다. 아주 자연스럽게. 누가 알려 주지 않아도 모두가 천천히, 자연스럽게, 은밀하게, 자신은 영웅이 아니라는 걸, 그렇게 특별하지도 않다는 걸, 아주 평범하거나 혹은 평범하기 위해 아등바등 헤엄치고 있다는 걸 알게 되듯이.

천선란『나인』, 217~218면.

오늘의 단어

주인공 **명사**

- 연극, 영화, 소설 등에서 사건의 중심이 되는 인물.
- 어떤 일에서 중심이 되거나 주도적인 역할을 하는 사람.

오늘의 한 문장

예시 너는 너만의 이야기를 이끌어 갈 주인공이야.

나는 말이야 가끔 인간에게도 각자 특별한 제삼의 눈이 있다고 생각해. 남들은 감지할 수 없는, 아니면 크게 감흥 없는 무언가를 유독 강하게 느끼고 끌릴 때가 있잖아. 그것이 재능이나 적성이 될 수도 있고, 나만의 가치관이 될 수도 있고, 때로는 인연이나 사랑이 될 수도 있겠지. 모든 사람이 모든 것에 똑같이 반응한다면 세상이 되게 삭막할 것 같지 않아? 물론 보편적인 것들도 많겠지만, 그래서 세상에는 또 비밀이 생기는 모양이야. 내 온점에만 반응하는 무엇을 다른 이들은 결코 느낄 수 없을 테니까, 가끔은 전혀 이해할 수 없을 테니까 말이야.

이희영 『여름의 귤을 좋아하세요』, 158면.

오늘의 단어

끌리다 동사

- 관심 따위에 쏠리다.
- 이끌려 따라가게 되다.

오늘의 한 문장

예시 달이 지구에 끌리듯 우린 자연스럽게 가까워졌다.

이야기가 정해 준 삶이 아니라 내 삶을

“그러면 지금 당신이 원하는 건 뭔가요?”

“나는요, 그러니까.”

태어남으로써 삶을 얻은 인간은 아니며, 비록 데이터라고는 하나 어린아이였다. 그런 아이에게, 곧 다가올 지옥행을 잠자코 받아들이라는 말은 처음부터 통할 리가 없었다.

“나는, 이야기가 정해 준 삶이 아니라 내 삶을 살고 싶어요.”

구병모 『이야기 따위 없어져 버려라』, 66면.

오늘의 단어

받아들이다 동사

- 다른 사람의 요구, 성의, 말 따위를 들어주다.
- 어떤 사실 따위를 인정하고 용납하거나 이해하고 수용하다.

오늘의 한 문장

예시 부족한 내 모습을 받아들이기로 했다.

그냥 그렇다고 먼저 말해 버려

"선생님한테 눈 부릅뜨는 거 봐라. 너 말이야. 사실이 그런 건 그냥 그렇다고 말해 버리는 게 속 편하다."

"무슨 사실요?"

"한 번, 한 번이 쪽팔린 거야. 싸가지 없는 놈들이야 남의 약점 가지고 계속 놀려 먹는다만, 그런 놈들은 상대 안 하면 돼. 니가 속에 숨겨 놓으려니까, 너 대신 누가 그걸 들추면 상처가 되는 거야. 상처 되기 싫으면 그냥 그렇다고 니 입으로 먼저 말해 버려."

김려령『완득이』, 120면.

오늘의 단어

약점 명사

• 모자라서 남에게 뒤떨어지거나 떳떳하지 못한 점.

오늘의 한 문장

예시 네 약점은 너를 더 강하게 만드는 힘이 될 거야.

열쇠로 손바닥을 긁다가 문득 손바닥 깊숙이 밀어 넣어 잠겨 있던 기억을 열었다. 수현이 열어젖힌 옥상의 하늘이 생각났다. 수현이 아니었으면 몰랐을 바람. 먼지 가득한 창고. 노을과 애드벌룬, 오랜 기다림. 마음껏 미워할 수 있는 용기를 주는 목소리들.

백온유 『유원』, 196~197면.

오늘의 단어

마음껏 부사

• 마음에 흡족하도록.

오늘의 한 문장

예시 마음껏 넘어지고 부딪치며 스스로 찾아가는 시간이 필요해.

47 너, 많이 힘들었겠다

나는 곁눈질로 우주의 얼굴을 살폈다. 내게는 우주의 말이 무척 슬프게 들리는데 정작 우주의 표정은 평소처럼 차분하고 담담하다. 그런데 곰곰이 생각해 보니 우주의 표정에서는 언제나 감정이 잘 읽히지 않았다. 무엇을 감추든 마음에 비밀을 숨겨 두고 사는 것은 슬프고 힘든 일이다. 나는 그걸 안다. 우주도 나처럼 드러낼 수 없는 고민이 있었다고 생각하자 우주와 나 사이를 막고 있던 보이지 않는 막 하나가 걷힌 느낌이 들었다.

"너, 많이 힘들었겠다."

우주가 고개를 돌려 나를 내려다보았다.

"응."

"혼자 외로웠겠다."

아주 짧은 순간, 우주의 눈에 눈물이 맺혔다 사라졌다.

"윤유정, 이상하다. 네가 그렇게 말해 주니까 마음이 편해져."

김중미 『모두 깜언』, 265~266면.

오늘의 단어

감추다 동사

- 남이 보거나 찾아내지 못하도록 가리거나 숨기다.
- 어떤 사실이나 감정 따위를 남이 모르게 하다.

오늘의 한 문장

예시 아무리 노력해도 감정을 감출 수 없었어.

48 그림자 없는 사람은 없으니까

"비밀은 그림자 같은 게 아닐까? 세상에 그림자가 없는 사람은 없잖아. 오히려 빛이 밝을수록 그늘도 선명하고, 해가 어느 위치에 있느냐에 따라 길어졌다 짧아졌다 하잖아. 비밀도 때에 따라서는 많아졌다 적어졌다, 심각해졌다 가벼워졌다 하겠지."

"그림자?"

도운이 어깨를 으쓱하고는 말을 이었다.

"그림자라고 해서 다 나쁜 것도 아니야. 어렸을 때 했던 그림자놀이를 떠올려 봐. 세상에 모든 비밀이 나쁘기만 하겠냐?"

이희영『여름의 귤을 좋아하세요』, 166면.

오늘의 단어

선명하다 형용사

• 산뜻하고 뚜렷하여 다른 것과 혼동되지 아니하다.

오늘의 한 문장

예시 우리가 함께했던 날들이 여전히 기억 속에 선명하다.

49 모르지는 않지만, 그래도

　미래는 엄마를 외쳐 부르려다, 참았다. 겁이 나서 다리가 후들거렸다는 건, 엄마를 보는 순간 그만 눈물이 솟았다는 건, 아직 혼자는 도저히 안 되겠다는 건, 속에만 묻어 둘 생각이었다. 당분간 아니 어쩌면 영영.

　미래는 엄마를 향해 천천히 걸어갔다. 그게 어느 쪽인지는 모르지만.

　링그에 오른다는 것은 패배를 전제로 하는 일이다. 물론 미래도 모르지는 않지만, 그래도 지금껏 링그에 올랐다. 그게 리미래였다.

이현 「보통의 꿈」, 『두 번째 엔딩』, 105면.

오늘의 단어

영영 부사

• 영원히 언제까지나.

오늘의 한 문장

예시 영영 닿을 수 없을 것만 같아도 한 걸음부터 시작하면 돼.

5부

내가 바라는 사람이
될 수 있을까

❀ 내가 원하는 진로와 현실적인 조건이 맞지 않는 것 같아 속상하다.

❀ 내가 선택한 이 길이 옳은 걸까.

❀ 나의 재능이 부족하게만 느껴진다.

❀ 나는 못나 보이고, 다른 사람들만 잘나 보인다.

✿ 주변 어른들의 기대에 맞추어야만 할 것 같다.

✿ 어른이 되는 것 자체가 두렵다.

✿ 미래가 너무 멀게만 느껴져서.

✿ 내가 설 자리가 있을지 불안하다.

50 틀린 선택이 잘못은 아니야

— 언제나 옳은 답지만 고르면서 살아온 사람이 어디 있어요. 당신은 인생에서 한 번도 잘못된 선택을 한 적이 없나요?

— 틀린 선택을 했다는 것 자체가 잘못이라는 게 아니야. 선택의 결과는 스스로 책임지라는 뜻이지. 그 선택의 결과까지 눈에 보이지 않는 힘에 의존하기 시작하면, 너의 선택은 더욱 돌이킬 수 없는 방향으로 나아갈 거란 말을 하는 거야.

구병모 『위저드 베이커리』, 176면.

오늘의 단어

선택 명사

• 여럿 가운데서 필요한 것을 골라 뽑음.

오늘의 한 문장

예시 너의 선택에 당당해질 필요가 있어.

51 누구를 위해, 무엇을 위해 살아왔을까

"그러니까 너는 네 육체보다 지금까지 이룬 것들이 더 중요하다는 거네. 쌓아 온 이미지와 주변의 평가 말이야. 누구든 그걸 없애 버리면 용서할 수 없다는 거잖아. 그것이 스스로라 해도."

나는 할 말을 잃고 바보처럼 두 눈만 끔뻑거렸다. 류는 그런 내게 마지막 한 방을 선사했다.

"그런 영혼이라면, 내가 육체라도 받아들이고 싶지 않겠다."

"……."

"자신에게 조금의 자비도 없잖아."

바람을 타고 익숙한 목소리가 들려왔다.

'너 스스로가 영혼을 아프게 했을 때도 싫었냐 묻잖아.'

나는 지금껏 누구를 위해, 무엇을 위해 하루하루 최선을 다해 살아왔을까? 세상 누구보다 나를 잘 안다 믿었는데 어쩌면 아무것도 모르고 있는지도 몰랐다. 열여덟 한수리가 누구인지, 무엇이 그 아이를 가장 힘들게 하는지 말이다.

이희영 『나나』, 108~109면.

오늘의 단어

최선 명사

• 가장 좋고 훌륭함. 또는 그런 일.
• 온 정성과 힘.

오늘의 한 문장

예시 최선을 다하지 않아도 괜찮아.

52 눈물이 날 정도로 간절한 일

나인은 누워서 곰곰이 자신이 정말 태권도를 계속해도 되는지를 고민했다. 그러다 며칠 뒤 관장에게 태권도를 직업으로 삼고 싶지는 않다고 말했다. 관장은 아쉬운 기색을 내비치며 그 이유를 물었다. 나인은 덤덤하게 대답했다. 져도 눈물이 안 나요.

"꼭 질 때 눈물이 나야만 한다고 생각해?"

효정이 물었다. 나인은 잠시 고민하다 고개를 끄덕였다.

"그냥 이거 말고 다른 게 있는 거 같아. 막 눈물이 나고 그런 일. 안 되면 열 받고, 분하고, 내가 너무 싫고. 그렇지만 결국 하게 되는 그런 일."

천선란 『나인』, 49면.

오늘의 단어

분하다 형용사

- 억울한 일을 당하여 화나고 원통하다.
- 될 듯한 일이 되지 않아 섭섭하고 아깝다.

오늘의 한 문장

예시 제대로 맞서지도 못하고 졌다는 게 분하다.

다른 사람들의 말에 휘둘리지 마

"내 삶은 무의미해."

아픔을 자각한 순간부터 나는 이미 한계였다. 그래서 속사포처럼 말을 쏟아 냈다. 거짓도 숨김도 없이 전부 있는 그대로. 이제 이도해는 나를 경멸할 것이다. 내가 나를 경멸하고, 세상이 나를 경멸하는 것처럼.

"무의미한 건 없어."

그때 이도해의 말이 툭 떨어져 가슴에 번졌다. 먹구름 하나 없는 하늘에 비가 오는 건가 싶을 정도로.

"내가 모든 걸 망쳤어."

"아무것도 망치지 않았어. 다른 사람들의 말에 휘둘리지 마. 타인의 기준은 상대적인 거야. 정말 중요한 건 너지. 절대적인 건 너 자신뿐이야. 그러니까 너를 봐. 네 마음을 봐."

김민서 『율의 시선』, 169면.

오늘의 단어

휘둘리다 **동사**

- 이리저리 마구 내둘리다.
- 주변 상황이나 감정에 휩쓸리다.

오늘의 한 문장

예시 분위기에 휘둘려서 처음 결심에서 멀어지고 말았다.

어디로 가려는지는 아직 모른다. 그건 어디로든 갈 수 있다는 뜻이기도 했다. 지금 이 순간처럼 매 순간 스스로 고민하고 결정하며 한 발자국씩 나아가면 된다.

아버지의 기차에서 내린다는 것은 전쟁의 불길 속으로 뛰어든다는 의미였다. 지금의 세상에 다른 선택지는 없었다. 이편과 저편 가운데 한쪽을 택하라는 강요만 있을 뿐, 총을 들지 않을 자유는 없었다. 총을 들게 된다는 것은 죽음을 뜻했다. 내가 죽거나, 나로 인해 누군가 죽거나. 그런 순간에 나는 어떤 선택을 하게 될까. 무엇이 옳고 무엇이 그른 걸까. 은국은 아무것도 확신할 수 없었다. 다만 한 가지 자신할 수 있는 것은 어떠한 순간에도 스스로에게 부끄럽지 않은 선택을 하겠다는 지금의 이 마음이었다.

이현『그 여름의 서울』, 313면.

오늘의 단어

자신하다 동사

• 어떤 일을 해낼 수 있다거나 어떤 일이 꼭 그렇게 되리라는 데 대하여 스스로 굳게 믿다.

오늘의 한 문장

예시 이만큼 노력했다면 해낼 수 있다고 자신해도 돼.

55 날아오르는 법칙이 있어

"나는 평생 저 거미를 못 넘을 텐데 너는 그걸 해낸 거잖아."

"내가 있잖아. 나는 할 수 있어. 내가 할 수 있으니까 너도 할 수 있는 거야."

"하지만 저걸 어떻게 없애? 저렇게 큰데."

"저렇게 말도 안 되게 큰 타란툴라가 갑자기 나타났다면 분명 타란툴라를 없앨 수 있는 무기도 나타날 거야."

"진짜?"

"진짜로. 세상에는 그런 이상한 법칙이 있거든. 내가 튕겨 나간 반동만큼 날아오를 수 있고, 두려운 만큼 그걸 물리칠 수 있는 요술봉이 생기는. 아, 우리한테는 검이 생기겠다. 검 쓰는 캐릭터 좋아했으니까."

천선란 『노을 건너기』, 49~50면.

오늘의 단어

법칙 명사

- 반드시 지켜야만 하는 규범.
- 모든 사물과 현상의 원인과 결과 사이에 내재하는 보편적·필연적인 불변의 관계.

오늘의 한 문장

예시 하루에 한 번쯤은 나를 칭찬해 주는 법칙을 만들자.

내가 길을 잃고 어디로 갈지 모를 때

천장에는 언니가 중학교 때 붙여 놓은 별 스티커가 그대로 있었다. 이제는 형광등을 꺼도 빛이 나지 않는데 떼지 못하게 한다. 그 바람에 언니 방 천장은 10년째 도배를 새로 하지 못했다.

"언니, 저거 언제까지 붙여 놓을 거야?"

"계에에속."

"야광 효과도 없는데 그냥 떼 버려."

"불 끄면 처음에 그래도 잠깐 빛이 나. 난 저거 절대 안 뗄 거야. 저 별은 내 꿈의 북극성이야. 내가 길을 잃고 어디로 갈지 모를 때마다 저 별을 보며 다시 방향을 잡는다고."

김중미 『곁에 있다는 것』, 31면.

오늘의 단어

방향 명사

- 어떤 방위를 향한 쪽.
- 어떤 뜻이나 현상이 일정한 목표를 향하여 나아가는 쪽.

Date.

오늘의 한 문장

예시 누가 그랬는데, 인생은 속도가 아니라 방향이래.

걷은 똑같아 보여도 속은 다 다르니까

선생님은 계단에서 일어나 뒤로 난 창문으로 운동장을 내려다보았다.

"저 애들 좀 보세요. 똑같은 교복에 똑같은 체육복을 입은 애들로 가득하지요? 근데, 겉은 똑같아 보여도 속은 다 달라요. 다 다른 소가 든 붕어빵들입니다."

엄마도 일어나 선생님과 함께 섰다.

"애들이 배 툭 갈라서 잠깐 달콤한 맛 보고, 자신을 낭비할까 봐 겁나요."

김려령 『우아한 거짓말』, 161면.

오늘의 단어

다르다 형용사

• 비교가 되는 두 대상이 서로 같지 아니하다.

• 보통의 것보다 두드러진 데가 있다.

오늘의 한 문장

예시 우리는 각자 다른 길을 택했지만 서로를 응원할 것이다.

58 높은 곳에 서려면

높은 곳에 서려면 언제나 용기가 필요했다. 나는 옥상에서 아래를 볼 때 느끼는 감정을 단순하게 불안감과 공포라고 여겼다. 다리가 후들거리고 식은땀이 나는 건 잠재의식 속에 사고에 대한 감각이 남아 있기 때문이라고 생각했다. 기절이라도 할까 봐 지레 겁먹고 놀이 기구는 엄두도 못 냈다. 그러나 이곳에 서 보니 확실히 알 수 있었다. 나는 이런 걸 무서워하지 않는구나. 나는 오히려 이런 걸 좋아하는구나. 이곳에서 느끼는 감정은 설렘과 기대감, 혹은 전율이라고 불러야 마땅했다.

백온유 『유원』, 223면.

오늘의 단어

용기 명사

• 씩씩하고 굳센 기운. 또는 사물을 겁내지 아니하는 기개.

오늘의 한 문장

예시 너에게 할 수 있다는 용기를 주고 싶어.

59 어서 더 멀리 날아가. 네가 원하는 만큼

"잘 가라. 아니⋯⋯."

말하다가 유안은 고개를 젓고 번복했다.

"다녀와라."

루는 돌아오겠다는 분명한 대답 대신 유안에게 두 손가락으로 경례를 해 보였다.

"건강히 지내십시오. 이제 멀리 떨어지시고요. 거기 그러고 서 계시면 다칩니다."

RPM을 올린다.

구름 한 점 없는 활주로가 저 멀리 보인다.

어디선가 금곡조 우는 소리가 들려오는 것 같은데, 곧 심장을 흔드는 엔진의 소음과 한데 뒤섞인다.

어서 더 멀리 날아가. 네가 원하는 만큼, 어디까지든.

지금, 내가 가.

구병모 『버드 스트라이크』, 304면.

오늘의 단어

번복하다 동사

- 이리저리 뒤집히다.
- 이리저리 뒤쳐 고치다.

오늘의 한 문장

예시 결정은 언제든 번복할 수 있어.

6부

더 나은 세상을 만들기 위해

용기가 필요할 때

✿ 세상은 왜 이렇게 불공평할까.

✿ 기후 위기, 전쟁 등 거대한 문제 앞에서 무력감이 든다.

✿ 약자들의 목소리는 무시당하는 것처럼 느껴진다.

✿ 말과 행동이 다른 어른들에게 화가 난다.

✿ 세상이 변하도록 행동할 것이다.

✿ 차별과 혐오에 맞서 용기를 낼 것이다.

✿ 기꺼이 너의 곁에 설 것이다.

✿ 시작은 내가 할 수 있는 작은 일부터.

한 명보단 여러 명이 더 좋다는 것

　세상의 모든 일에는 중요도가 있다. 누구든 소중하지만 어떤 죽음은 그다지 중요하지 않고, 그다지 중요하지 않은 죽음은 살인자의 한 끼보다도 보잘것없다. 그렇게 어떤 일은, 죽음은, 억울함은, 호소는 한없이 뒤로 밀리고 밀려 세상 밖으로 떨어지게 된다는 걸, 그렇게 사라지지도 분해되지도 해결되지도 않은 상태로 우주를 떠돌게 된다는 걸 미래는 아직 모른다. 영원히 몰랐으면 좋겠지만 조금씩 알게 되겠지. 그걸 알아 가는 게 살아가는 것이고, 나이를 먹는 거겠지. 그렇다면 이것도 알게 됐으면 한다. 세상 밖으로 밀려나는 건 온몸으로 막을 수 있다는 것, 그리고 한 명이 막는 것보단 여러 명이 막는 게 더 좋다는 것, 무른 흙도 밀리고 밀리다 보면 어느 순간 아주 단단해진다는 것.

천선란 『나인』, 344~345면.

오늘의 단어

단단하다 형용사

- 연하거나 무르지 않고 야무지고 튼튼하다.
- 뜻이나 생각이 흔들림 없이 강하다.

오늘의 한 문장

예시 그 애에게선 단단한 심지 같은 것이 느껴질 때가 있어.

상처는 새로 돋는 살의 전제 조건

상처는 새로 돋는 살의 전제 조건.

지금까지는 생각하지도 못했던, 내 것이라고는 믿어지지 않는 힘을 쥐어짜서 나는 나머지 한 손으로 눈부신 창을 뽑았다. 나는 그 집에 있어서 해당 사항 밖의 사람이었고, 언제 다시 돌아가더라도 떠날 예정부터 잡아야 함을 알았다. 이제는 돌아가는 일 자체도, 또는 돌아갈 곳이 없다는 사실도 두렵지 않았다. 나는 나도 모르게 미소를 지었다.

구병모 『위저드 베이커리』, 139면.

오늘의 단어

조건 명사

- 어떤 일이 이루어지려면 갖추어져야 할 상태나 요소.
- 일정한 일을 결정하기에 앞서 내놓는 요구나 견해.

오늘의 한 문장

예시 어떤 조건도 너의 가치를 결정지을 수 없어.

62 시작은 돌멩이 하나를 치우는 일

　잘 닦인 고속도로를 놔두고 좁고 험한 길을 택하는 사람이 얼마나 있을까. 하지만 찾는 사람이 늘면 언젠가는 좁고 험한 길도 넓고 평평해질 것이다. 시작은 돌멩이 하나를 치우는 일일 것이다. 벌써 누군가는 돌멩이를 멀리 풀숲으로 던지고 있는지도 몰랐다. 뒤에 오는 사람이 걸려 넘어지지 않도록.

이희영 『페인트』, 194~195면.

오늘의 단어

넘어지다 **동사**

- 사람이나 물체가 한쪽으로 기울어지며 쓰러지다.
- 어떤 일에 실패하거나 망하다.

오늘의 한 문장

예시 넘어지더라도 다시 일어설 힘이 내게는 있어.

63 그럼에도 파도에 삼켜지지 않는

대가를 치르게 될 것이다. 후회할지도 모른다. 아마 그럴 것이다. 삶은 바다처럼 무정한 것이다. 파도의 일을 막을 수는 없다. 그 바다가 신조에게 알려 주었다. 사람이 할 수 있는 일은 다만, 그럼에도 파도에 삼켜지지 않는 일이다. 자신을 잃지 않는 일이다.

신조는 그러기로 했다. 단 한 사람이 되기로 했다.

이현 『라이프 재킷』, 267~268면.

오늘의 단어

잃다 동사

- 가졌던 물건이 자신도 모르게 없어져 그것을 갖지 아니하게 되다.
- 의식이나 감정 따위가 사라지다.

오늘의 한 문장

예시 무슨 일이 있어도 우리가 나눈 이 마음을 잃지 말자.

64 슬퍼하기보다 나아가기를 선택했다

나와 엄마가 실종 전단지를 돌릴 때, 대다수의 사람들은 우리가 좋은 일을 한다며 칭찬했다. 그러나 그것이 무의미하다고 말하는 사람도 있었다. 쓰레기 집의 옆집에 사는 할아버지는 우리가 '헛짓거리'를 하고 있다고도 말했다.

하지만 의미는 타인이 아니라 자신이 만들어 가는 것이다. 나는 아무것도 하지 않고 그저 슬퍼하기보다 나아가기를 선택했다. 그러니까 나는 북극성이 되기로 했다. 북극성은 길잡이별. 비록 가장 밝고 큰 별은 아니어도 누구나 찾을 수 있는 별이니까.

김민서 『율의 시선』, 211면.

오늘의 단어

길잡이 명사

- 길을 인도해 주는 사람이나 사물.
- 나아갈 방향이나 목적을 실현하도록 이끌어 주는 지침을 비유적으로 이르는 말.

오늘의 한 문장

예시 때로는 막막한 내 인생에도 길잡이가 있으면 좋겠다고 생각했다.

65

울타리 밖으로 벗어난 양은

박의 말처럼 어떤 시대든 차별은 존재했다. 그러나 그 차별과 억압을 조금씩 부숴 나가는 것이 우리가 살아가는 이 사회의 발전이기도 하다.

"사람들이 NC를 차별하니까 우리가 NC 출신임을 속인다는 건…… 근본적인 해결책이 아니에요."

박이 잘 알고 있다는 듯 고개를 끄덕였다.

"너희가 센터를 떠나 좋은 부모와 지낼 수 있도록 돕는 지금의 시스템이 나쁘다고만 생각지 않는다. 너희는 사회를 알아 가야 해. 그러기 위해서는 너희들을 지켜 줄 울타리가 필요하다."

"울타리 밖으로 벗어난 양은 늑대에게 잡아먹히죠."

"……."

"하지만 더 맛있는 풀을 발견할 수도 있어요."

이희영 『페인트』, 194면.

오늘의 단어

울타리 명사

• 풀이나 나무 따위를 얽거나 엮어서 담 대신에 경계를 지어 막는 물건.

오늘의 한 문장

예시 언젠가는 이 울타리를 넘어 더 넓은 세상으로 나아갈 거야.

66

도망치지 않고 함께하는 것

"선생님, 저 어린애 아니에요. 열일곱이에요. 구경만 하고 있을 나이는 아니에요. 선생님처럼 저 역시 더 이상 피할 수 없는 입장이에요. 피하고 싶지도 않고요."

이것이 지금 내가 믿는 최선이야. 도망치지 않는 것, 내가 아끼는 사람들과 함께하는 것. 은국은 마음속으로 학성에게 말했다. 물러서고 싶지 않았다. 스스로의 선택으로 나아가고 싶었다. 은국은 아버지의 동굴로 가지 않겠다고 마음먹었다. 그렇다면 아버지의 반대편이 되는 길만 남아 있었다. 지금의 세상에는 두 갈래 길밖에 존재하지 않았다.

이현 『그 여름의 서울』, 232~233면.

오늘의 단어

아끼다 **동사**

• 물건이나 돈, 시간 따위를 함부로 쓰지 아니하다.

• 물건이나 사람을 소중하게 여겨 보살피거나 위하는 마음을 가지다.

오늘의 한 문장

예시 나를 진정으로 아낀다면 나를 기다려 줄 것이다.

67 우리는 극복하며 살아가는 거야

"지금은 이런 생각이 들어. 삶은 고난의 연속이 아니라 극복의 연속이라고. 우리는 극복하며 살아가는 거야. 그 끝에 기다리고 있을 더 멋진 나를 위해. 그러니까 포기하면 안 돼. 포기하면 아무것도 변하지 않아."

엄마가 다시 쓰레기 봉지를 들어 올렸다. 구겨졌던 비닐이 펴지는 소리가 파도 소리와 닮았다. 파도. 그건 내 삶에만 밀려드는 것이 아니었다. 엄마의 삶에도 늘 밀려드는 것이었다.

"너도 멈춰 있기보다는 나아가렴. 네가 그 친구를 찾을 수 없다면 그 친구가 너를 찾을 수 있게 해. 누구나 널 알아볼 수 있도록 훌륭한 사람이 되는 거야."

김민서 『율의 시선』, 206~207면.

오늘의 단어

나아가다 동사

- 앞으로 향하여 가다. 또는 앞을 향하여 가다.
- 목적하는 방향을 향하여 가다.

오늘의 한 문장

예시 계속 나아가다 보면 언젠간 만날 수 있을 거야.

언젠가 다른 사람을 구할 테니까요

진짜로 사람을 구하는 건 말이에요, 중요한 건 날개가 아니야. 날개는 초원조의 부탁을 받아 우리를 잠시 도울 뿐. 당신은 나한테 필요한 걸 이미 주었어요. 그러니까 혹시라도 두 번 다시 날개를 펴지 않겠다든지 쓸데없는 약속은 하지 말고. 나를 끝내 구하지 못했다고 자책하지도 말고. 당신은 언젠가 나 대신 다른 사람을 구할 테니까요. 나는 이대로도 충분하지만, 당신은 나에게 미처 못 해 주었다고 생각하는 만큼 다른 사람을 도와줘요. 그게 언제가 되었든 상관없으니까.

구병모 「초원조의 아이에게」, 『두 번째 엔딩』, 186면.

오늘의 단어

구하다 동사

- 물건 따위를 주어 어려운 생활 형편을 돕다.
- 위태롭거나 어려운 지경에서 벗어나게 하다.

오늘의 한 문장

예시 마음을 담은 작은 한마디가 누군가를 구할 수 있다.

69 가장자리에서 더 빛날 수 있잖아

"김여울, 너 그거 알아? 별은 정면으로 볼 때보다 곁눈질로 볼 때 더 반짝인다. 이렇게 별 하나를 골라서 똑바로 보다가 곁눈질을 해 봐. 그럼 별이 정면으로 볼 때보다 더 반짝거리는 것처럼 보여. 한번 해 봐."

"됐어. 난 별 따위엔 관심 없어. 우주나 천문학 같은 건 몰라."

"별 보라는데 웬 우주, 천문학? 그냥 별을 보라고. 2학년 때 수학여행 가서 우연히 발견한 건데 곁눈으로 보면 별이 더 반짝이는 거야. 되게 신기했어. 우리는 뭐든 똑바로, 정면으로 봐야만 더 잘 보인다고 생각하잖아. 그런데 가끔 이렇게 가장자리로 볼 때 더 잘 보이는 것들이 있어. 신기하지 않아?"

"뭘 말을 하고 싶은 거야?"

"사람들은 주변부는 별로 중요하지 않다고 여기잖아. 그런데 그렇지 않다는 거지. 눈길의 가장자리가 더 빛나는 것을 볼 수 있듯이, 우리처럼 가장자리에 있는 사람들이 더 잘 보고 더 빛날 수 있잖아."

김중미 『곁에 있다는 것』, 227~228면.

오늘의 단어

반짝이다 동사

- 작은 빛이 잠깐 나타났다가 사라지다. 또는 그렇게 되게 하다.

오늘의 한 문장

예시 너와 함께 말없이 걸었던 반짝이는 순간들을 기억한다.

그가 내려앉을 유일한 땅 한 뼘이 되는 것도 나쁘지는 않지만, 나는 가만히 앉아서 누군가의 휴식처로 남을 마음이 없어. 그래서 기다리기보다는 내가 땅을 떠나기로 한 거야. 자신의 한계를 명확히 알고 그럼에도 그것을 넘어서기 위해 움직이는 것이, 유한한 인간이 내릴 수 있는 최선의 결론이라고 생각하니까.

구병모 『버드 스트라이크』, 299면.

오늘의 단어

한계 명사

- 사물이나 능력, 책임 따위가 실제 작용할 수 있는 범위. 또는 그런 범위를 나타내는 선.

오늘의 한 문장

예시 당신이 한계를 극복할 수 있다고 믿어요.

✤ 오래도록 기억하고 싶은 문장들

이 책에서 소개한 문장 중
특별히 기억하고 싶은 문장들을 적어 보세요.

하루 한 줄, 나를 지키는 문장들

✽ 나 자신을 믿고 나아가자.

✽ 나는 혼자가 아니다.

✽ 좋아하는 마음이 나를 자라게 할 거야.

나를 설레게 한 노래 가사, 나를 울린 영화 대사,

나를 다독이는 문장들을 수집해 보세요.

❀ 영원히 애틋하게 서로를 응원할 테니까.

❀ 지금의 나를 아껴 주자. 나는 충분히 괜찮은 사람이니까.

❀ 우리는 서로에게 용기가 되어 줄 것이다.

72

Date.

Date.

 77

80

Date.

Date.

Date.

Date.

99

Date.

내가 읽은 책으로

책장을 채워 나가요.

문장을 내어 준 책들

창비청소년문학 8   김려령 장편소설『완득이』, 2008.

창비청소년문학 16   구병모 장편소설『위저드 베이커리』(개정판), 2022.

창비청소년문학 22   김려령 장편소설『우아한 거짓말』, 2009.

창비청소년문학 44   이현 장편소설『1945, 철원』, 2012.

창비청소년문학 51   이현 장편소설『그 여름의 서울』, 2013.

창비청소년문학 64   김중미 장편소설『모두 깜언』, 2015.

창비청소년문학 88   구병모 장편소설『버드 스트라이크』, 2019.

창비청소년문학 89   이희영 장편소설『페인트』, 2019.

창비청소년문학 96   백온유 장편소설『유원』, 2020.

창비청소년문학 100   김려령 소설「언니의 무게」, 이현 소설「보통의 꿈」,
                  김중미 소설「나는 농부 김광수다」,
                  구병모 소설「초원조의 아이에게」,『두 번째 엔딩』, 2021.

창비청소년문학 101   김중미 장편소설『곁에 있다는 것』, 2021.

창비청소년문학 106   이희영 장편소설『나나』, 2021.

창비청소년문학 107   천선란 장편소설『나인』, 2021.

창비청소년문학 109   이현 장편소설『호수의 일』, 2022.

창비청소년문학 112   백온유 장편소설『페퍼민트』, 2022.

창비청소년문학 122   이희영 장편소설『여름의 귤을 좋아하세요』, 2023.

창비청소년문학 125   김민서 장편소설『율의 시선』, 2024.

창비청소년문학 127   이현 장편소설『라이프 재킷』, 2024.

소설의 첫 만남 28   구병모 소설『이야기 따위 없어져 버려라』, 2023.

소설의 첫 만남 30   천선란 소설『노을 건너기』, 2023.

소설의 첫 만남 32   백온유 소설『냠냠』, 2024.

하루 한 줄, 나를 지키는 필사책
내일을 꿈꾸는 1020을 위한 문장들

초판 1쇄 발행 | 2025년 6월 16일
초판 5쇄 발행 | 2025년 12월 12일

지은이 | 구병모 김려령 김민서 김중미 백온유 이현 이희영 천선란
펴낸이 | 염종선
책임편집 | 이현선 김도연
조판 | 박아경
펴낸곳 | (주)창비
등록 | 1986년 8월 5일 제85호
주소 | 10881 경기도 파주시 회동길 184
전화 | 031-955-3333
팩스 | 영업 031-955-3399 편집 031-955-3400
홈페이지 | www.changbi.com
전자우편 | ya@changbi.com

ⓒ 구병모 김려령 김민서 김중미 백온유 이현 이희영 천선란 2025
ISBN 978-89-364-3160-0 43810